글벗시선 179 국미나 두 번째 시집

울적한 낭만

국미나 지음

도서출판 글벗

책 속의 길

따사로운 봄 햇살과 꽃향기
아름다운 풍경을
고운 마음으로 정성스럽게
꾹꾹 눌러 담았습니다

아픔 슬픔 외로움의 눈물도
간간이 넣었고
젊은 날의 상처도
단풍 이파리처럼
곱게 물들였습니다

이리저리 바람처럼 쏘다니며
언어를 줍고
파란 가을
짙은 안개의 가려져 있던
길이 가을 햇살을 머금고
선명하게 보였습니다

나에게 책 행운이 깃들어
지금 이 순간 제일 행복합니다
겸손한 마음으로
앞으로 열심히
시를 그리겠습니다

고맙습니다
사랑합니다
감사합니다

2022년 11월 가을에

차 례

제1부 어머니의 비늘

제2부 낮익은 청춘

제3부 느슨한 저녁

제4부 가고 싶지 않은 길

제5부 울적한 낭만

제6부 착각은 배부르다

제1부
어머니의 비늘

공존의 삶

새들도 잠든 밤
초승달이 손을 내민다

가슴에 담긴 별들이
끝없이 가슴에 담긴다

어둠 속에서 산을 깨우는
물소리가 하늘에 닿고

말 없는 대화는 물속에 고여
새벽녘 이슬이 마를 때까지
내게 많은 이야기를 만들어내고 들려주었다

잎 떨어진 아카시아 나무
가시만 남고
아침 이슬 속에는
맑음이 남았다는 것을

봉선화

어여쁜 꽃은 아닌데
어딘지 모르게 촌티를 풀풀 내며
정을 뿌려댄다

뒤뜰 풀섶
어여쁘게 꽃을 피우고
씨방 익는 소리 톡톡
튕기며 자랑을 한다
뒤뜰에서 제일 잘 나가는 꽃
봉선화

어머니의 비늘

병환으로 자리 누우신 지 여러 해
말씀도 잃으시고 백치 아다다 되신
나의 어머니

바짝 마른 앙상한 고목 나무
뚝뚝 눈에 고여 쓰리다

찬바람 지고 사신 어머니
얼음장 속 하얀 비늘이
바스락 내린다

하얀 우윗빛 내 마음 듬뿍 발라 드렸더니
뽀송뽀송 비늘이 녹아내린다

눈시울 울컥
가슴 무너진 어머니
허연 비늘을 만날 때마다
눈물이 고인다

봄이 주고 간 눈물

담벼락 앞 목련화가
춘설에 화들짝 눈을 떴다가도
아지랑이에 노곤하니
피우다 지쳤는지
눈을 감고 꾸벅꾸벅 졸며 엄살을 부린다

바람이 목련화에게 게으르다며
털옷 좀 벗으라며
재촉한다

목련화 나무 아래
손가락 마디쯤 자란
부지런한 봄까치꽃

묵었던 내 마음
졸고 있는 목련화를 올려다보며
쓱쓱 스케치하다
지난겨울을 지워가며
봄을 맞는다

목련화 간간이 떨어진 털옷은
춘설 새순 돋는
봄이 주고 간 눈물이다

산수유

매화꽃 향기 담 너머
겨우내 겹겹이 쌓아둔 시린 눈이 녹아
살점 떨어진 야윈 닭발 가지에
노란 병아리 꽃
봄눈이 터졌다

꽃눈 하나 눈에 넣어
푸른 물에 녹아
속살 드리운 봄빛 환한 웃음이
장승 귀에 입이 걸렸다
노랗게 익어만 가는 봄

바람 타고 오는 봄빛 향연
햇살 이보다 눈부실까
마을 이웃들 넘치는 정에
꽃망울 터진다

첫사랑 한 아름 꽃 추억의 눈물샘
바람에 노란 비 꽃으로 내려
꽃에 취해 봄빛에 빼앗긴 발걸음
길을 잃었다

씨줄과 날줄이 풀어지도록
봄을 풀어 노란 꽃물에 물들어
내가 살던 고향은 꽃 피는 산골

나비의 날갯짓을 보며

꽃잎이
창백한 봄바람을 타고
하얀 나비의 날개 위에 앉았다

왼쪽 날개엔 분홍 꽃잎을
오른쪽 날개엔 하얀 꽃잎을
나비는 아지랑이 따라
사뿐사뿐 날아오른다

바람의 흔들리는 끄나풀처럼
긴 꼬리 원을 그리며
봄 향기를 이끌고
세상에 환한 빛이 되어 가벼이 날아오른다

봄 나비의 가벼운 날갯짓처럼
하늘거리는 사랑이 되고 싶다

나비는 바쁘다.
보고 말하고 느끼고
봄의 세계를 만나 혼자서 바쁘다

가을 낙엽

동네 골목길
맑은 하늘 냄새가 좋아
거니는 발걸음도 가을 바람처럼 부드럽다

단풍 든 잎사귀 하나
허공을 돌며 구겨진 나의 마음을 알았는지
내 발등 위에 살포시 내려앉는다

얼마 만에 느껴보는 소박한 마음인지
노란 잎사귀를 주워 책갈피에 꽂아 본다

책 속에는 수많은 계절과
단풍 든 잎사귀
나의 감성이 그대로 숨겨져 있다
먼 훗날 책을 꺼내 들면
옛 푸성귀 냄새가 묻어날 것이다

가을 낙엽과의 만남은
늘 이렇게 시작된다
땅에 떨어진 작은 잎사귀
나를 가을로 보낸다

바다와 나

허공의 나뒹굴던 나의 몸뚱이가
꿈꾸던 바다에 도착했다

철철 끓는 뜨거운 거품 소리
하늘 날던 갈매기의 날갯짓
흥얼흥얼 자유롭다

나는 바다 향기 등에 업고
해지고 별밤 가득할 즈음
풀어놓고 잔치를 한다

소라 뱃고동 그물 소리
조가비 모래 덮는 소리
바다와 나는 점을 찍는다

아홉 마디 꽃향기

가을비 톡톡 소리를 내며
마음을 수천 번 두드립니다

구절초 뽀얀 얼굴
가을비에 젖어
물끄러미 마주합니다

착 가라앉은 마음
시린 향기 가득한데
구절초꽃 따뜻한 향기를
잔잔히 전해옵니다.

가을날의 마음은
외롭고 쓸쓸하다며
어리광만 부립니다

시詩와 나

시詩와 연애를 하고
시詩와 밥을 먹고
시詩와 함께 걷고
시詩와 영화를 감상하고
시詩와 대화를 나누며
시詩와 함께 생을 보냅니다

시詩가 토라져 발길이 없고 무소식인 날엔
우울하고 기다렸다며 끌어안고 토닥입니다
나의 영원한 사랑은 시詩
그 시詩를 평생 지켜주기 위해 밤과 낮을 잊고 기도를 하며
지켜주고 아껴주는 마음이 시詩에게 전달되길 바라며
소망합니다

시詩와 나만의 사랑
시詩와 함께하는 시간만큼 제게 행복한 시간은 없습니다
시詩와 함께 평생 죽음을 맞이할 것이며
무덤까지 함께 할 것입니다

시詩라는 당신은 늘 나를 새롭게 하고
시詩라는 당신은 나를 위대하게 했으며
시詩라는 당신은 나를 아주 멋진 곳에 데려다 놓습니다
시詩라는 당신 영원히 사랑합니다

석등 밝힌 구절초

글썽이는 이슬방울 맺힌 마음이
흐드러지게 핀 석등 안 구절초 같아라
고운 빛 슬픔 안고 가는 뒤안길
파란 맑은 하늘
구절초 꽃향기 온전한 가을 선보이고

햇살 좋아 꿈을 그리고
오지 않을 사람
가지 않을 사람 마음 안에
붙들어 놓고
쓸쓸함 그리움으로
하얀 낮달에 얼굴을 묻고
엉엉 울고 싶어라

나의 사랑은 갑니다

사랑한다는 것은
그대 가슴에 나의 사랑이 먼저 도착하여
그대 텅 빈 뜰에 어여쁜 꽃을 심어놓는 것

그대 척박한 황무지를 꿈꾸는 마음에
원 없이 다가가 아름다운 그림도 그려주고
그대 메말라 쩍쩍 갈라지는 가슴에
청춘이라는 싱그러움을 안겨주고
단비를 뿌려주는 것

나의 사랑은 갑니다. 그대에게로
나의 사랑을 받아주세요
팻말을 가슴에 달고
드넓은 광야를 혼자가 아닌
둘이서 발자국 남기며 걷는 것

사랑이란 마음을 도둑맞고
몸은 단단한 밧줄로 묶여서
포로가 되어 함께 걷는 것

정점

별이 쏟아지는 개울에 앉아
너랑 나랑 둘이 웃자
초록 이파리 흔들리며
산기슭 산 위에 누워 나를 내려다보고
남새밭 향기 맡으며
봄 아지랑이 꽃밭 가득 담아놓고
나비와 벌 춤사위 함께 추며
너랑 나랑 둘이 웃자

깊어가는 가을쯤엔 마당 감나무에
주홍 등 주렁주렁 달아 놓고
긴 겨울 까치 노랫소리
반가운 손님 오라하고
달빛, 별빛 흐르는 은하수
가로질러 걷다 걷다
청명한 아침 맞이하며
너랑 나랑 둘이 웃자

각원사의 홍풍

바늘 끝 같은 봄 햇살이
꽃잎을 관통하는 하루
바람이 상처 난 흔적을 지우고
먼발치에 곱게 누운 꽃잎
고통은 꽃향기 속에 묻히고
꽃잎은 더욱 선명한 분홍의 자태

마음 다해 피운 꽃잎
꽃 누운 자리도 아름답구나
사람의 향기도 저 꽃처럼만 같아라
짧아 아쉬운 봄 각원사의 홍풍 꽃바람이
얼룩진 마음을 닦아 낸다

무無

당신 마음속에 울리는
사랑을 갖고 싶습니다
사랑받기에 바쁘고 즐거워하며
외로운 모든 이들에게
부러움을 사고 싶습니다

당신 마음속에서 전하는
주파수와 시간을 나누고 싶습니다

어쩌면 느껴지지 않는
사랑일 수도 있지만
그 사랑 속에 얼굴을 묻고
행복해하고 싶습니다

고요와 적막함이 흐르는 전율 사이로
외로움이라는 추가 까딱일 때마다
달빛과 별빛이 스며들고

어쩌면 그대와 나는
이 세상에 존재하지도 않을 사랑이고
그리움일지도 모릅니다
아무것도 없는 무無일 수도 있습니다

수박풀꽃

지구가 태양 주위를 한없이 돌고
세월이 흐르다 보니
수박풀꽃을 만났습니다
어릴 적 논두렁에서 만나
그립고 사랑하는 마음이
늘 함께했는데
이제야 만났습니다

사랑하고 그리웠던 수박풀꽃
이렇게 바람 따라 여행길에서 만났으니
사람도 이처럼
그리워하면 만나지려나

지구가 태양 주위를 몇 바퀴를 돌아야
그리운 사람 만나지려나

띠아모 카페

밤새 기억을 찾다가
아침까지 못 찾고
달려온 곳 띠아모

오는 이는 없지만
기다리는 것이 아주 좋아
오지 않고 올 사람도 없는데
나는 탁자에 조용히 앉아
기다리네

띠아모 카페에서 한없이 기다리는 날은
골계미와도 같은 내가
나를 사랑하는 날

* 띠아모(Ti amo) :이탈리아어로 '사랑한다'는 표현

연꽃점

지금이 가장 아름다울 때
보이는 꽃을 꺾어
마음에 걸어두고 싶은 이 마음

봉긋봉긋 연꽃 봉오리마다
비밀스럽고 오묘함이
참으로 신비하고 아름답다

고요한 연꽃 송이송이
분홍 꽃향기 톡톡 날리고
나의 고운 마음속에
분홍 연꽃점, 하나를 새겨 본다

자아실현

타인에게 나 자신을 양도하며
살아가고 있는 사람이 얼마나 많은가
자신을 찾지 못하고
자신과 상관없는 타인에 의해서
오롯이 상처받고
뒤엉켜 울부짖는 삶
그런 삶은 이제 과감히 버리고

자아를 찾아 삶을 지켜나가는
사람이 되었으면 합니다
누구 때문에 라고 단정 짓는 이는
그런 삶을 살고 있다고 보시면 됩니다

춤추는 바다

뱃속에서 파도가 철썩 인다
고래도 춤을 추고
광어 우럭
해삼 멍게가 살아 춤을 춘다

그리워하면 만나진다더니
국화도를 만났고
난지도를 만났다
파도를 만났고
해풍을 만났다

철썩이는 그녀를 만났고
서글픈 나를 만났다
주름진 어부를 만났고
해풍에 검게 그을린 망부석을 만났다

그리고 어머니를 만났고
어머니의 작은 봇짐을 만났다

철썩철썩 그리움들은
만나지자 파도와 함께
부서져만 간다

제2부

낯익은 청춘

밥상보

밥상보 속에 향긋한 된장
쑥국과 흰쌀밥이 아님
보리밥과 시퍼런 마늘잎 넣은
매콤한 고추장과 같이
상추 겉절이가 들어있을까

굶주린 마음 영혼 지친 날
어머니 따스한 손길로
한 상 차려놓으셨던
밥상을 그리워해 보세요
편안함이 몰려올 겁니다

나 오늘 기도했다

나 오늘 몹시 외로워 기도했다
인생 외롭지 않은 사람 어디 있겠냐

나 오늘 힘들어 기도했다
인생 힘들지 않은 사람 어디 있겠냐

나 오늘 기도했다
인생 슬프고 아픈 마음 가져가 달라고
인생 슬프고 아프지 않은 사람 어디 있겠냐

나 오늘 몹시 기뻐 기도했다
인생에서 가장 행복하고 가장 기뻐하는
사람 평생 되게 해달라고

나 오늘 기도했다
인생 살면서 감사하는 마음
내 곁에서 떠나지 말게 해달라고

나 오늘 기도했다
인생 살면서 나 자신이 누구든
돕고 살 수 있게 해달라고

나 오늘 기도했다
시인이니
시상(詩想)이 떠나지 않게 해달라고

나 오늘 기도했다
나의 기도가 살아 숨 쉬는 날까지
항상 이루어질 수 있도록 해달라고

파도는 안다

누구나가 비밀스럽고
감추고 싶은 사연들
들추고 싶지 않아
애써 바닷가 파도에게 달려가지

파도는 안다
그 아픔들을 다 들어주고
다 품어주고
맑게 씻겨주고
그저 머릿속엔
하얀 거품만 남게 해주지

책과 나

책방에 다녀왔습니다
소소한 행복이 잦는 곳
마음은 어느새 봄볕이 내려앉아
찾는 이 없는 책방 안
빛바랜 책 안에도 봄이 쌓여갑니다

책방 주인이 되어
겹겹이 쌓아놓은 책을 뒤적이며
봄노래를 흥얼거립니다
소소한 행복이 모여
마음은 어느새 봄입니다

바람을 이기는 나무들처럼
나 또한 잘 견디며 책과 함께
어느새 나는 나답게
살아가고 있습니다

꽃사랑

손전화기로 쉴 틈 없이
담고 또 담고
눈으로 보며 꺾지 못할 꽃을 담아봅니다

이 시간이 지나면
보지 못할 어여쁜 꽃이기에
수없이 사진첩에 담아 간직합니다

싱그러운 모습
지친 모습
꽃잎 떨군 낡은 모습
한 장면도 어여쁘지 않은 장면이 없습니다

눈에 넣어도 아프지 않을
자식 닮은 어여쁜 꽃들
늘 사랑의 세레나데 반복입니다

봄

편안한 봄
너무나 편안해서 살짝이
눈이 감겨오는 봄

잠시
꾸벅꾸벅 인사를 하는 봄
햇살 한 사발 마시고
트림하는 봄

사랑은 아름다운 상처

서로가 알아간다는 것은
상처를 만들어가는 과정
나비에게도 꽃을
알아가는 과정이
먼 훗날 꽃잎 지고 나면 상처
인연은 결국 아름다운 상처

상처라도 좋다
그대가 꽃이라면
나비 되어 아파하며
그리워하리라
흔하지 않은 상처
아름다운 상처
가슴의 문양 새기겠노라

돌덩이 가슴 하나

열 길 물속
내 마음 자세히 들여다보며
흐르는 계곡물 사이로
슬픔도 아픔도
영영 찾지 못하는
넓은 바닷가로 흘려보냅니다
청아한 무주 칠연계곡 폭포수의
지난날 얹혔던 돌덩이 가슴 하나
슬슬 녹아내립니다

달빛 고요한 날

달빛이 고요하더니
내게 그리움 한 움큼 던져줍니다
속살을 파고드는 바늘 끝 그리움들
울음 속 달빛은 더욱 선명합니다

달빛과 함께 걷는
빈곤한 내 그림자
슬픔이 두 눈에 차오릅니다

그대 그리운 날
달빛도 울고 나도 울고
달빛 고요한 날은 그리움에
울보가 되는 날입니다

책이 답입니다

사람에게서 찾을 수 없는 해답들이
거의 책 속에 있습니다
책을 많이 읽고 나를 키우는 작업이 잘 된 사람들은
누구나 함께 있어도 상대를 배려하고
나 자신을 올려줍니다
그래서 책이 답입니다

책을 읽지 않은 사람과
골고루 책을 많이 읽은 사람과의 차이점은
대화가 원활하고
소통이 잘 되는 멋진 사람은
많은 독서를 통해서 내공이 쌓인
현명한 사람입니다

항상 생각이 가지런하지 못할 때
책과 함께 많은 시간을 보내세요
마음에 큰 위로가 된답니다

화양연화花樣年華

아버지의 짐 자전거
짐반 나 반 나누어 타고
자전거 페달이 돌아가는 소리에 장단 맞추며
아버지의 콧노래 소리가 흐르고
자전거 녹슨 뒷바퀴에선
덜컹거리는 짐 소리
그때 그 시절
다시는 탈 수 없는
아버지의 짐 자전거
노을도 서산에 가라앉은 시간
해지는 줄도 모르고 달을 껴안고 덜컹덜컹

돌아보니

늘 종종걸음으로 바쁘게
발발거리며 살아왔습니다
늘 습관이 되어
밥을 보면 밥알을 보자마자
오신 손님 놓칠까
허겁지겁 게눈 감추듯
삼켰습니다

돌아보니
그런 귀한 시절이 있었기에
여유롭게 꽃 마실 차 마실도
종종걸음으로 발발거리며
다닐 수 있었나 봅니다

종종 발발 허겁지겁 세월의 소리가
고즈넉한 달밤
차 마실 하면 떠오릅니다

산행

한 걸음 한 걸음 걸을 때마다
마음의 짐이 한 덩어리씩 빠져나간다
맑은 구름은 가벼운 몸짓으로
산 허리춤을 칭칭 감고 있다

땀이 양쪽 귓불을 타고
물방울 되어 똑 떨어진다
숲 향기 돌아 돌아
숨이 턱 끝까지 차오른다
이럴 땐 넓은 등짝 같은 바위에
앉아서 한숨 돌리고 쉼 하고
다시 걷는다

산행하며
나무와 서로 등을 기대어
서본 사람은 안다
숲속에 고마운 친구가 많다는 걸

꽃차 바람 나다

이른 봄
햇살 품은 매화꽃을 따다
찻잔에 봄을 띄워놓고
꽃잎 위에 사뿐사뿐
분홍 날갯짓을 하며
어여쁜 시간을 보냅니다

삶이 봄이라면
나는 이 순간 아름다움입니다
가슴 문지르는 향기
시린 겨울은 떠나보내며

은은한 찻잔 속
진한 꽃 사랑이
곱게 피어납니다

단풍이 물든 그대

그대 눈빛 속에 단풍이 들고 있다
마음은 아늑함이 숨겨져 있고
나는 그대의 단풍이 물든 눈빛 속에서
숨을 쉬고 있다

거울을 보라
그대 눈빛이 선홍빛이며
금빛이 흐르고 있다

그대 둔했던 몸
가을바람이 묻어나
푸른 바다 빛 하늘 닮아
아름다움이 스밀 것이다

그대 가을과 함께
내 곁을 떠나지 말라
늘 곁에 두고 싶은 가을 스민 사람아

사랑하는 방법

사랑하려거든
사랑하는 사람의 주위를
유심히 살펴보고
사랑하는 사람의 마음 안에 있는
모든 것들도 함께 사랑해야
진정한 사랑입니다

사랑하는 방법을 알아야
사랑도 이루어집니다
방법은 쉽지 않지만
그 사람의 눈을 자세히 들여다보면
사랑의 감정이 느껴지고 보입니다

한 사람만 바라보고
사랑하면 시간이 지나
콩깍지가 벗겨지는 순간에
불가피한 이별이 찾아옵니다

사랑을 지키려거든
사랑하는 이의 부족함과 아픔까지
따뜻하게 안아주어야 합니다

감꽃

골목길 어귀 빗방울 스며
한 움큼 쏟아져 내린
작은 복주머니

어릴 적 뒤뜰에
고염 감나무 한 그루 감꽃 피우면
예쁜 꽃 미운 꽃 헤아려

미운 꽃은
항아리 뚜껑 위에 말려
학교 다녀온 뒤
허기진 배를 달래고

예쁜 꽃은
고사리손으로 한 송이 한 송이
실에 꿰어 목에 걸고
한껏 뽐내었다

꽃비 내린 날 감꽃을 만나니
마음은 동심의 세계를 거닌다

영평사 구절초

화장기 없는 얼굴로 나를
반기는 구절초
영롱한 그대 눈망울 속에도
곱게 피어난 어여쁜 꽃

혼탁한 마음 다 빼앗아
저 멀리 던져주고
어여쁜 철없는 미소만 지어주는
영평사 구절초

라디오

주파수가 딱 맞아야 음성이 들리고
그렇지 않으면 지지직거린다
사람의 모습은 보이지 않아도
들을 수 있다

봄 가랑비, 여름 소낙비
가을 추적비, 겨울비 내리는 날
더욱 듣기 좋다
그런 라디오에서 잠이 오지 않는
어두운 밤

옆집 개 짖는 소리
달빛 부서지는 소리
별빛 쏟아지는 소리
꽃 흔들고 가는 바람 소리
하얀 박꽃 터지는 소리도 들렸으면
참 좋겠다

낯익은 청춘

새벽안개에 오들오들 떨었던 몸
가을 햇살 마주하며
따뜻한 온기 느껴봅니다

이글거리며 제 몸 붉게 태우는
고운 단풍나무
앵글에 곱게 담아내고

바스락바스락 낯익은 청춘
쓰러지는 소리에
메말랐던 가슴 절규하며
타들어갑니다

그리움에 사무치는 간절한 시간
그동안 이유 없이 앓아댔던 아픔들
가을 단풍잎 한잎 두잎 새겨
바람에 실어 보냅니다

제3부

느슨한 저녁

여름 천국

전국 차량 5만 대가
여름 휴가철을 맞아
동해로 이동 중이라고
내비게이션이 안내를 해줍니다

저도 5만 대 중에 한 대
가는 곳마다 북적이고
소문난 잔칫집 같습니다
바닷가 해변 음식점과 카페는
사랑하는 사람들과 함께
떠나온 천국입니다

에메랄드빛 바닷물에
풍덩 풍덩 발 저으며
불타오르는 낮 해를 식히며
바닷바람 마주합니다
뜨거운 여름 동해 바닷가는
지상 천국입니다

갈재고개 꽃바람

봄비에 적셔진 생강나무꽃
숨소리가 맑게 들린다

뽀얀 구름 지나가는 바람이
달콤하다
이제 막 세상 밖으로 두런두런
소풍 나온 야생화는 예쁘게 단장을 하고
오롯이 얼굴 내밀며 나를 반긴다

꽃바람에 마음은 덩실덩실 춤을 추고
광덕산 갈재고개부터 촘촘하게
봄을 수 놓는다

별이 뜬다

밤하늘에 무수히 많은 별이 뜬다
어쩌면 별빛을 보면
그리운 사람들이 하나둘
반짝이는 것 같아 마음이 행복해진다

마음이 별길 따라 걷던 밤
별빛 물결 사이로
그리운 얼굴 출렁인다

아름다운 별빛이 흐르는 밤
그리움을 찾아 떠나는 여정
별의별 기쁨이로세

꽃상여

꽃상여를 보면
인생무상
무겁던 생각들도 정리가 되고
등 뒤에 무거운 짐도
내려놓게 된다

조각 모시발

한 번쯤 나도
마음 안에
예쁜 창窓 하나 드리우고
바람이 불면 바람 스미며
한들한들 살아야겠다

향기로운 분홍
향기로운 초록 옷 입고
창窓가에 서서
꽃향기 날리며
한들한들 살아야겠다

사랑의 시작은 외로움이다

사랑은
너는 나에게 외로움을 주고
나는 너에게 외로움을 주는 시작이다

사랑은 외로움이고
외로움을 많이 타는 사람은 사랑을
많이 하는 사람이다
외로움은 사랑하는 마음이 있다는 증거다

나는 너에게 외로움이 되어주고
너는 나에게 외로움이 되어주고
서로 외로워서 기댈 수 있게
비벼대는 것이 사랑이다

사랑은
그리움의 시작이기도 하다
그리움이 깊을수록 사랑도 깊다는 증거다

먼 훗날
사랑, 그리움, 외로움들이
절대적 고독을 낳기도 한다
우리는 그 고독을 씹고 사랑이라는 낭만을
그리워하며 아름답게 살면 되는 것이다

관매도 섬 기행

외로워서 떠나고
지켜주기 위해서 떠난다
그리고 아주 멋진 추억을 차곡차곡 담아와
긴 겨울밤에 들여다보며
마음의 슬픔을 덜어낸다

인간은 누구나가 외로운 섬
나는 그 섬을 자세히 들여다보기
위해 애쓰고 들여다보면서
사뭇 나 자신을 갈망하고
그리워했던 생각들로부터
자유로워질 수 있다

마음의 밧줄을 끊고
정해지지 않고
정해질 수 없는 약속을 꿈꾸며
그렇게 살아가고 있다

세상에 모든 슬픔과 아픔들을
잘 참아내며 견디며 살고 있다
저 푸르고 깊은 바다처럼
그렇게

마음 안의 뜰

은은하게 우러난 차茶 향기와 함께
받지 못한 마음들 다 전해 받고
주지 못했던 마음들 다 전해주며
제게 있는 마음의 뜰을 보여드려 봅니다

책
고운 단풍
파란 하늘
흰 구름
잠자리
우울함
외로움
가을비
고독
은빛 갈대
시린 파도
산
그리움
친구
낮잠
낯선 햇살
감
사과
대추
밤

노란 은행잎
바구니
장대
잃어버린 마음
꽃차
국화꽃 향기
환한 얼굴
따뜻한 국물
약간 모자란 마음
완벽하지 않은 모습
항아리
구절초
찻잔
밥공기
찻상
바느질
야생화
편지
그림

또 뭐가 있을까요
마음 안의 뜰엔
무수히 많아요

가을이니까
제 마음
다 펼쳐 보여드리고 싶습니다

7월의 설악산 바람風

대승폭포 물줄기 바람이
휜 등을 떠밀어
굽었던 어깨를 곧게 세우고
운무雲霧속 까마귀 한 쌍의 노랫소리
비상을 꿈꾸는 날갯짓 선하다
단단한 암석 심성 고운 남정네 모습에 반하여
품속에 안긴 듯 편안함에 두 눈 감겨오고
붉은 동자 꽃송이는 이슬비에 젖어 눕고
꽃바람 전한다

어머니의 머릿짐

논 사잇길 길어 어머니 머리 내려앉는다
풀 내음 자운영 꽃향기
들바람 쐬러 나온 삽살강아지

왼손은 주전자
오른손은 어머니 손잡고
키 큰 미루나무 인사에
찰랑 넘치는 마음

서산 너머 마실 나온 샛별 하나
오동 꽃바람 불어오는 푸른 오월
다 갚지 못한 어머니의 사랑
어릴 적 작은 그리움들 내 가슴엔
꽃비 되어 흐릅니다

고향

산자락의 푸르름이여
그 어떤 파스텔이 이 아름다움에 비할까
산모퉁이 돌아보니 아카시아 향기 진동하네

어린 시절 아카시아 나무 아래
친구들과 흠뻑 땀에 젖어 놀다 보니
어느덧 해가 뉘엿뉘엿

굴뚝의 하얀 연기
집집마다 바람 타고 흘러가니
어디서 들려오는 따뜻한 목소리
언니가 저녁 먹자 손짓하네

지금은 그 시절 가고 없지만
아카시아 향기는
어김없이 고향이로구나

겸손

마음을 위한 큰 잔치
슬픔과 괴로움
근심 걱정 고통을 덜어내는 치유의 시간
부정과 사악함이 사라지는 거룩한 시간

마음의 모든 욕심을 내려놓고
큰 기쁨이 다가오는 행복한 시간
깊이 생각하고 새로운 마음이 샘솟는
감동의 시간

느슨한 저녁

작은 창에
얼굴을 내밀고
환한 가로등 불빛 한 모금 마셔본다
골목 나란히 잠든 길을 조용히 사색한다

느슨한 저녁
어머니의 밥 짓는 내음이 가득했던 순간들
그 시절이 다시 돌아오지 않는 걸 알기에
옛 그리운 공간에 잠시 머물러 본다.

미완성

꽃들은 알고 있었을까?
서로 앞다투어 예쁘게
피우고 낙화한다는 것을

꽃처럼 살다 가는 인생
즐겁게 아니 살면 나만 손해

부족할 때가 아름답다는 것을
인생 찬찬히 둘러보며 깨닫게 되었다

완벽한 사람은 쓸모가 없다
부족해도 매일 기쁨 사랑 가득 안고
삶을 채우려는 성실함에 감사하다

허탕

배롱나무꽃 따라 오른 길
꽃은 보이지 않고
허탕을 쳤다

살아온 인생이 매 순간
고독과 힘겨루기를 해야 하는 삶이
무지하고 지독하게 흐느껴야 했다
그때마다 허탈이 애무하고

허탕을 치고 허탈이 몸부림치는 날
푸른 하늘 바람에 쓸려와
살아있다는 존재감을 맛본다
인생은 허탕의 연속 허탈의 연속

살아 있는 존재감이 상실되지 않을 만큼
나는 앓고 있다

향기가 새겨진 길

오늘은 어디를 나서 볼까나
사랑과 슬픔을 함께한 길을 나선다

서산 백제의 미소 길 어머니의 숨소리
깊이 울리고

공주 단풍 든 갑사 오르는 길
아버지의 그리움
풍경소리로 울린다

부모님과 함께 다녀온 길
잊지 못하네

사랑하는 이들과
길을 걷는다는 것은
인생 소통의 시간
모든 길에는 고운 향기가 새겨있다

흔한 산속 오두막 시인의 집

해가 뜨면 물까치 노랫소리
해가 지면 보랏빛 포도주 구름 한잔
울타리 밭 매콤한 남색 무꽃
흰나비 춤사위 사뿐사뿐
작은 개울가 버들치

햇살에 화들짝 놀라서 핀 야생화
초록빛 상수리나무 바람 불어올 때마다
철썩철썩 파도 소리
밤하늘 별과 달이 속삭이는 우주 카페
풍요로운 자연 다 모여 있는
유난히 소박한 산속
가장 흔한 오두막 시인의 집

부재不在

노을빛 깔아 놓은 오후
소리 없이 피고 지는 고운 꽃잎

질펀한 그늘로 얼룩진 고통 끝자락
그리워 뒤척이는 적막의 밤
허무함에 적셔져 펑펑 눈물 쏟는 밤

어머니와 나
시린 얼굴 비비며
이승에서 마지막 인사를 했다

개똥밭에 굴러도 저승보다
이승이 낫다던 나의 어머니

지금은 이 세상 어디에도 아니 계시지만
뻥 뚫린 구멍 난 마음 안에 울림이십니다.
어머니 그곳은 어떠하신가요
안부 전합니다

연연불망戀戀不忘
- 그리워서 잊지 못함

지금쯤 나의 고향에는
꽃은 피고 있는지
이내 가슴은 붉게 봄이 스몄는데
아파 타들어 가는 메마른 가슴
밤낮으로
피눈물 훔치며 그리워하네

아이고, 아이고 살구꽃 피는
고향 품으로 돌아가자
아이고, 아이고 부모 형제 저미게 그립고
왜놈 전쟁에 강제 징용되어 이 몸 이끌려와
녹슬고 피폐되어 흐르는 세월이 야속하구나

고향 땅 다시 못 밟고
까만 우주 홀로 외로이 푸른 별이 된 이 몸
이곳 머나먼 남태평양 팔라우에서 잠들며
나 죽거든 고향에라도 묻어주길 원하였지만
죽어서도 고향에 못 가는 이 몸

아이고, 아이고 애통하고 비참하도다

어서 빨리 고향으로 돌아가
부모님 만나고 누이 만나
편안하게 눕고 싶구나
나의 소원을 들어주소서 대한민국이여

- 남태평양 팔라우 일본 왜놈 전쟁에 강제 징용되어
  돌아오지 못한 한국인을 위한 추모시

제4부

가고 싶지 않은 길

금오도 봇짐

수평선
회색빛 하늘
푸른 소나무
앙상한 나목
푸성귀
바람
댓잎
나무 의자
길

등 뒤에 봇짐
그게 제 마음입니다
봇짐 무게만큼이나
등이 휘도록 짊어진 무게가
우리네 거짓 없는 삶입니다
봇짐을 보는 순간 느꼈습니다
내가 지금 무게를 가늠할 수 없는
봇짐을 맨 사람이구나
덜어내고 덜어내도 텅 빈 봇짐
깃털처럼 가벼워도
삶은 늘 무겁습니다

슬픔

정처 없이 떠돌던 바람은
그리움을 한 움큼 안겨주고
마른 가지 끝에 선 계절은 푸르다

알 수 없는 나날들
그리움으로 가득 배여
상처 난 가슴 켜켜이 쌓여
돌아눕는다

외롭다는 통하지 않는
이기주의적인 세상
자신만의 마음속에서
소용돌이치고

빈 머릿속
지난봄에 만난 바람
풍경 흔드는 소리
선과 악을 가로질러
질주해야만 하는 인생
소금기 같은 빗방울이
두 눈에서 내린다

빗물이 되어 흐르리

마음에 소리 없이 그가 다녀갔다
아련하다
서글프다
무어라 위로를 해줄 수 없는 아픔이
비와 함께 적셔진다

무겁기만 한 머리
아스피린 한 조각 목구멍에 삼키며
앓는 소리는 빗속에 묻혀
그의 뒷모습에 전해지질 않았을 것이다

비가 내린다
그가 다녀간 마음에 슬픈 비가 내린다
마음의 줄줄 흐르는 빗물이
눈물이 되어 흐른다

이 흐린 흔적들
빗물과 함께
어디론가 스며지겠지

봄비

노란 산수유꽃을 바라보며
그 곁에 서면 노란 꽃가루가
나의 온몸을 감싸고
어느 봄날 산수유꽃이 되어 서 있습니다

봄 하늘 바람은 먹구름을 몰고 와
잠깐동안 봄비를 뿌립니다

하늘을 훨훨 날던 새도
사뿐사뿐 날갯짓하는 나비도
비가 내리니 가만히 둥지에 있습니다

꽃망울 터트릴 준비를 했던
개나리, 진달래도 조용히 비를 맞습니다
비가 오니 오늘은 모두
고요히 있습니다

털별꽃아재비

작은 들꽃 이름이 털별꽃아재비
따뜻한 이름을 가진 야생화
먼 나라에서 이곳까지 날아와
겨울날 돌 틈에 깊숙이 뿌리 내려
찬바람에 꽃을 피우고

추운 날 왜 꽃 피웠느냐 물으니
못 들은 척 딴청을 부린다

스스로 온 힘을 다해 뿌리내려야 했던
수많은 시간들

쌀 톨보다도 작은 털 별꽃 아재비를
바라보며 최선을 다하는
삶과 희망을 느껴본다

봄을 그리다

분홍 진달래를 입고
아니 노란 개나리를 입고
연둣빛 버들을 입고 나무가 되어
춤을 출까나
그대와 나 나비가 되어
봄의 왈츠를 추면 아름답겠네요

다정한 오후 햇살에 종일
봄을 그렸습니다
너무 몰입한 탓에
눈이 아리아리해졌습니다

이 봄
그대와 나
꽃향기 따라 왈츠를 추며
신명 나게 놀아보아요
고단으로 얼룩진 삶은
나비의 날갯짓처럼 가벼워질 거랍니다

발길에 묻어나는 세월

시의 언어들 산바람에 춤을 추고
나뭇잎 흔들리는 소리
맑은 개울물 소리
걷는 발길에 묻어나는 세월
어느 것 하나 시어가 아닌 것이 없네

산 위 중턱 뿜어대는 허연 그리움
허공을 가로질러서 가을 햇살에 스미고
돌 틈 구절초 향기
세상에 찌든 눈동자 가라앉히고

나태해져만 가는 삶 바람에 날리고
어둠을 재촉했던 영월
까만 밤 달빛 별빛도 아름답네

흐르는 강 다시 거슬러 오를 순 없지만
꽃자리 진한 향기 또다시 피어나리
영원한 아름다움 묻어나는 영월
김병연 시인님의 삶을 기리며
나 구름 되어 바람 따라
산 고개 넘어 자유를 꿈꾸네

선물

주는 손은 곱고
받는 손은 수줍다.
내용은 적다 할지언정
받는 마음은 가득하다

이 세상은 온통 선물이다
들꽃도
구름도
파란 하늘도
바람도
걷는 길도
먹는 것도
웃는 것도
어느 것 하나 선물이 아닌 것이 없다
세상은 온통 다 내 선물이다

완벽 미도달

어차피 이렇게 된 거
즐겁게 살자
완벽은 꿈도 못 꾸어 보는 인생
평범하게 산다는 것도
어려운 깨진 삶의 조각들

굳이 퍼즐 맞추듯 어렵게
머리 싸매지 말고
순간을 즐겁게 살자

즐겁게 못 사는 사람은 바보
내가 웃고 즐거워해야 건강해진다
나도 모르게 실컷 웃으며
행복해하자

돈 자랑
자식 자랑
땅 자랑하는 거 배 아파하지 말고
인생 즐겁게 살자

숲속 교향곡

숲속 야외 음악당 물이 구르는 소리에
개구리가 달려온다
산새들 울음소리 바람에 실려
나무가 춤을 추는 교향곡 심포니
어깨춤이 절로 절로

총총히 박힌 별 몇 개를 주워
밤을 삼키며 물속으로 나를
내려놓는다

산도 어둠이 짙어지면
나도 마음의 눈을 닫고
가는귀 열어 대지의 숨소리를 듣는다

풀숲에 이슬이 내린다
떠돌던 바람 한 점을 옆구리에 끼고
꿈길에서 어린 왕자를 만난다

천년 나무 살이

천년을 살아온 나무가
지팡이 지탱을 하고 마을 어귀에 서 있다
심장을 땅 위에 쫙 펼쳐놓고
해를 그린다

땅 위에 심장 차마 밟지 못하고
웅장한 나무 자태를 올려다본다
나무나 사람이나 늙어지면
촉촉한 심장 소리가 들린다

세상에서 가장 착한 별이 되고 싶다

맑은 밤하늘 촘촘히 빛나는 별빛 가운데
유난히도 내 마음을 빼앗는 별 하나가 있다.
그 빛나는 별을 착한 별이라 이름 붙여주고
별 하나 마음속에 새겨본다.

어둡고, 서럽고, 그리운 밤
고독이 외로움과 뒤섞여
잠 못 들 때
지난밤 마음속 새겨 둔 착한 별
하나 떠올리며
세상에서 가장 착한 별이 되고 싶다

세월 흘러 빛바랜 인생
맑고 순수한 소녀가 되어
이 밤 어둠을 헤매며 갈 곳 잃은
방랑자들에게 착한 별이
되어주고 싶다

착한 별 하나 가슴에 새겨 놓았으니
따뜻한 가슴이 되어 세상에서
가장 착한 사람으로 살아가리라

속리산 법주사

초록 바람 불어오고
금부처의 지그시 감은
눈 끝에선 하늘색 미소가 맑다

겹겹이 쌓아 올린 토담 길
기왓장이 올려진 틈엔
자비가 숨 쉰다

산자락마다 별스럽지 않은
포근함
염주나무 튼실하니
하얀 나비가 팔랑이고
나는 알몸이 되어
해탈의 꽃을 피운다

유수 같은 세월
삶을 느리게 가야 하기에
절대 서두르거나 급할 것 없다

하늘을 나는 물고기
파란 자유를 꿈꾸는 새
붉게 익어만 가는 보리수
속리산엔 큰 돌부처
법주사가 있다

몹시 아픈 날 편지가 왔습니다

수신

"하나님은
항상 너를 사랑할 것이다
너는
절대로 혼자가 아닐 것이다
알지
꽃을 보라
그 꽃 속에 하나님이
너를 보고 있단다"

발신

"하나님을 사랑할 시간
항상 기뻐하고
항상 기도하고
항상 감사하겠습니다"

꽃날

사람이 마음 안에 용서하는
마음을 새겨 놓으면
꽃이 피기 시작합니다

용서 이해 순종
긍정이 함께 한날은
어여쁜 꽃날입니다

달맞이꽃과 나비의 인연

달맞이꽃은 달빛을 보며
곱게 꽃을 피우고
팔랑이는 나비의 날갯짓을 기다린다

밝아 오는 아침
달맞이꽃은 지쳐 잠이 들고

나비는 황금꽃을 찾아
온종일 날갯짓을 하며 바쁘다
찾지 못하는 고된 날갯짓
헛된 날갯짓

달맞이꽃과 나비의 인연은
언제 만나 지려나
영원히 만나질 수 없는 게
달맞이꽃과 나비의 인연이던가

무량사의 빛깔

문밖 뜰에 홀로 앉아
바람을 기다려 본다
붉은색을 온몸으로 토해내는 단풍잎
가슴속 허전한 마음 다 태우고
연기되어 허공 중에 날리고
노란 금빛 가루 흩날리는
풍경소리 귓가에 속삭여 준다

삶이 곧잘 넘어지고
나뒹구는 낙엽일지라도
뿌리 깊은 나목이 되어
따스한 봄을 기다려 본다
무량사의 가을은 절정이고
아주 많이 아름답다

그녀는 알코올 중독

그녀가 시름 앓다가
알코올 섭취 시작합니다
곧 이어지는 서러움은 희한하게
수그러져 편안해 보입니다

그녀는 알코올 중독
세상이 그녀를 버렸어도
알코올은 그녀 곁을 떠난 적 없고
그녀를 버리지도 않습니다
알코올에 젖어 그렇게 살아갑니다

슬픔도 잊게 하는 알코올
두려움도 잊게 하는 알코올
알코올은 어느새 그녀와 한 몸이 되어
아픈 기억까지 스밉니다

알코올에 젖어 정신을 잃고 삽니다
그런 그녀가 이젠 긴 끄나풀을 풀어
하늘에 올립니다

중독된 사랑

중독된 아픔
중독된 세월
중독된 이별
어느 것 하나 중독이 아닌 것이 없는 세상사
그녀는 그렇게 중독된 삶을 살다 갔습니다

가고 싶지 않은 길

한번 가면 영영 올 수 없는 길
죽음으로 맞는 길

그 길은 잃으면 찾아지고
찾으면 버리고 싶은 길

길 따라 앞서간 사람들
나중에 가는 사람 마중길

세상에서 모든 짐 내려놓고
가는 그 길
가장 아름다운 길

가는 사람
남겨진 사람
모두가 이별수라
슬피 우는 길

낡음 속의 진실

낡고 해진 신발을 바라보게 되었을 때
한없는 서글픔이 몰려왔다

나 자신이 늘 저 초라한 모습이지
않았나 싶은 생각에
얼른 신발과 함께 어디론가 숨고 싶었다

잠시 후 낡은 신발을 자세히 들여다보니
왠지 모를 정과 포근함이 느껴지는 것이
그리 싫지만은 않았다

낡아서 닳고 닳아도 좋은 것이
우리네 삶이고 만남이었으면 좋겠다

하얀 머리칼도 주름진 낯빛도
아름답게 읽을 줄 아는 인연이라면
허름해서 좋은 것이 아니겠는가

제5부

울적한 낭만

병신난봉가

병신들한데 다 모였네
각양각색 모양과 빛깔들 가지가지 하네
병신난봉가를 듣기 전에
깔깔깔 웃음이 나왔네
나도 병신이면서
까르르 깔깔깔

병신들 한데 모여
지지고 볶으며 시원스레 놀아보니
병신들도 별반 다르지 않네
병신들 지랄하고 들 있네
까르르 깔깔깔
웃겨서 웃음 배 터졌네

– 「이희문의 병신난봉가 공연을 경청하며」

삐뚤빼뚤 글자가 소풍을 간다

할매 시인님들 성명
풍산댁 이야실 / 창정댁 이감례
평동댁 김복임 / 약천댁 박점례
안심댁 성금봉 / 부들댁 정순
일촌댁 김경자 / 삼오리댁 양양금
우정댁 김효순 / 방굴댁 이인숙

가점댁 도귀례 / 남원댁 박희순
선돌댁 전양임 / 방림댁 안기임
봉동댁 윤금순 / 가덕댁 양정순
임동댁 최영자 / 강성굴댁 김막동
임동댁 임부남 / 가곡댁 김점순

여기에 울 어머니 왕궁댁 지복순 여사
이름 석 자 있었으면 을매나 좋을까
잘 견뎌 살아오신 할매 시인님들
삐뚤빼뚤 글자가
오솔길 지나 작은 개울 건너 즐거이
소풍을 간다

동네 거닐 때

할매들의 곰삭은 맑은 영혼의 시
텅 빈 영혼에 꾹꾹 눌러쓰며
울 어머니 보고 싶어 잠시 숨도 멈추고
살아생전 읽을 줄만 아시고 쓸 줄 몰라서
뇌경색으로 언어장애 오셨을 때
벙어리 냉가슴 앓았는데
삐뚤빼뚤 시를 만나니 울컥울컥 눈물 맺힌다

나도 잘살고 잘 견뎠다가
고운 할매 시인 삼밭네댁 국미나 해야겠다

- 곡성 할매 시인 마을을 거닐며

책을 그리는 어르신

동네 어르신들 살아오신 삶을
몇 장의 그림책으로 남기셨다
깔끔하고 소박하니 따스하고
마을 전체가 주인공 아닌 게 없다
해, 달, 봇짐을 머리에 인 아낙네
별을 심는 농부
앞마당 봉선화꽃, 벌, 나비

뒤뜰, 감나무, 까치, 허청, 꼬꼬닭, 소
삽살개, 돌, 흙담
마을에서 제일 인상 깊었던 벽화 그림
세자로 하면 비우자!
한자로 하면 꿍!
순간 박장대소
근심 걱정 싸악 사라지고
책을 그리는 마을을 거닐면
활명수 두어 병 마신 듯 시원하다

동네 골목을 거닐며
나는 그림책 마을 봄 하늘가에
이리저리 시를 그렸다
'부여 송정 그림책 마을'

* 파란 자유와 자연을 주제로 다니다 보면 시골 풍경을 만나게 되고 나이 드신 어르신들을 많이 만나게 됩니다. 심장 소릴 내면서 서 있는 고목 나무가 안내해 주고 요즘엔 어느 마을이든 마을에 특색을 살려서 보다 풍요로운 문화를 만드는 곳이 많다 옛날 어르신들은 일제 강점기와 6.25 전쟁으로 가난과 배고픔으로 허덕일 때 태어나셔서 배우지 못하고 들이나 논밭에 나가 일만 하셨는데 지금은 나이 80세에도 열정을 가지고 한글도 배우시고, 그림도 그리시고, 도자기도 만드시고, 숨은 재주가 넘쳐납니다. 그런 어르신들을 볼 때마다 제 심장도 빠르게 뛰며 열정이 생기고 시상이 떠오릅니다.

옥산댁 할머니 막걸리 맛

옥산댁 할머니의 막걸리는
시원한 마을 어귀에 서 있는
700년 된 느티나무 그늘 맛이 난다

옥산댁 할머니의 말씀은
콧등을 톡 쏘는 막걸리 맛
화들짝 정신이
번뜩여지기도 한다

옥산댁 할머니 상차림은
고향 냄새가 난다
쿵쿵 맡으면 짠 바다 냄새가 진하고
오래 씹으면 마늘밭 향기가 애리다

옥산댁 할머니 말솜씨
고들빼기처럼 약 냄새가 난다
쓰면서도 약이 되는 말씀을
하하하 웃으면서 잘도 하신다

옥산댁 할머니 투박한 말씀 듣고
있으니 청춘가 노랫가락이
귓전에 들려온다
얼쑤!

「옥산집-서천 판교 주막집」

간지러운 마음

봄빛이 얼마나 고개를 들었는지
바람이 신이 나서 불어댄다
달밤 목련 나뭇가지 끝
올려다보니
뽀얀 솜털을 뭉쳐 놓은 듯
포근하다

어느 사랑이 이처럼 따스하고
고울 수 있으려나
겨우내 꽁꽁 얼었던 마음은
녹여지고

발길은 남쪽 섬 푸릇한
풋 마늘밭으로 향한다
유채꽃이 피었으려나
화엄사 앞마당 붉은 매화꽃
봄소식만 무성하다

여름 별빛

모처럼 별이 영롱하니 빛을 내리고
이 밤 지구 끝 아주 높은 곳에서
사랑하는 당신을 내려다보고 싶습니다

깊어가는 새벽이 무섭지 않은 것은
별 하나 뚝 떨어져 다가와 사랑하자 말하고
별 하나 웃으며 그만하라 합니다
아 깊어가요
당신을 가장 오래 그리워하고
내려다보고 싶었던 여름밤으로 기억할래요

볏짚

텅 빈 들녘 볏짚이 누웠다
알맹이 다 떨구고
초가집 용마루
새 둥지 삼태미
짚신 두 짝도 되는 볏짚

인간은 알곡 다 떨구고 누워
흙이 되어 연기처럼 사라지는데

나 죽거든 짚신 두 짝 되어
영혼이 맑아서 상처받은 이를
소박한 삶이 있는 곳으로
데려다주고 싶다

진정한 어른

정녕 슬프지만 슬프지 않고
정녕 아프지만 아프지 않다
찢긴 상처에 새살 돋아날 줄도 알고
아픔과 슬픔
분노와 화를
다스릴 줄도 안다

마음속 눈물방울 굴려
짐을 덜어낼 줄도 알고
불손과 거만 오만과 타협하지 않고
인내와 겸손 사랑과 친하게 지내는
당신은 진정한 어른이다

칭칭 감기는 시

문학 방을 들락날락합니다
시어들이 나를 칭칭 감아댑니다
고운 삶이 한꺼번에 전해집니다

칭칭 감기는 시는
방방 뜨는 나를 잠재우는 시간입니다

허전함 삶은
가슴을 찡하게 울립니다

나를 칭칭 감겨주는 시
위안과 마음을 어루만져 주는 시
모든 시인님께 감사의 큰 절
한 번은 올리고 싶습니다

가을 달빛 소리

약간의 바람만 불어와도
마음이 부서지는 듯
쩍! 갈라지는 소리가 들린다
밤새 잠들지 못하고
작은 소리에도 귀가 밝아진다

달빛 사그락거리는 소리
별빛 줄을 지어 이동하는 소리
바삐 움직여 어디론가 달아나는 구름 소리
가을엔 작은 소리도 아주 크게 들린다

가을비

가을이라는 계절에
첫눈을 떴다
먹구름이 낮게 깔린
하늘에서 비가 내렸다
차가운 방울들이 마음속을
똑똑! 똑똑! 노크를 해댄다

풍요와 풍성함이
마음에서 한가롭게 노래를 부른다
빗방울 장단에
아! 이 가을
나는 붉은 단풍을 기다린다

울적한 낭만

겨울비 내리는 날엔
우산을 들고
길거리를 나갈 때면
후드득 빗소리가 너무 좋아
내 마음도 같이 내린다

후드득 둑둑
후드득 둑둑

바람이 불고
빗방울이 이리저리 흔들리며
사방에 부딪친다

촉촉한 겨울비와 바람
울적한 낭만에 젖어
빗물을 가슴으로 마신다

별천지

시인 파블르 네루다가 살고 있고
나비와 물고기가 사랑을 나누며
착한 농부와 수천 그루의 야자나무가 숲을 이루고
정겨운 이야기가 넘쳐흘러 별들의 강을 만들고
수많은 사연이 모여 별꽃이 되었다는 별천지

우리가 눈을 뜨고 별을 읽을 수 없다는 것은
마음이 어둠에 가려진 탓이다
별과 달이 늘 가까이서 마주하듯이
밤하늘의 별을 읽을 수 있도록
서로에게 긴밀한 사랑이 되어 줍시다

마음 질퍽거리며
시장기 같은 외로움이 스미는 날
밤하늘의 별빛을 보세요
유난히 글썽이며 끌리는 별빛이
당신의 사랑입니다

가을은 누가 먼저 도착했을까

사과가 말했다
나는 빨간빛으로 먼저 도착했다고
감이 말했다
나는 주홍빛으로 먼저 달려왔다고
노란 벼가 말했다
나는 노란빛으로 먼저 왔다고
산 아래 푸성귀가 말했다
아직 덜 익은 초록빛으로 먼저 왔다고
바다가 말했다
나는 파란 빛으로 달려왔다고
하늘이 말했다
나는 남색 빛으로 달려왔다고
노을이 말했다
나는 보랏빛으로 달려왔다고

가을은 이렇게 무지개 빛깔처럼
곱게 먼저 달려와 있었다
과일 들판
바다 하늘
세상이 가을 아닌 곳이 없었다

틈

인생의 틈은 비웃음이다
틈으로 보이는 삶은
절망이고 배신감이다
다시는 빈틈없는 삶을 살고 싶은
이들이 많을 것이다

상대의 빈틈으로 단맛을 맛본 이들은
지옥의 지름길인 줄 알면서도 순간은
천국이고 기쁨이 넘쳐났을 것이다

당한 자는 이해와 용서로 답해야
승자인 것을 알기에
틈으로 비집고 들어온 자들을 향해 외친다

사람답게 사람의 길로 살아라
틈이 아닌 도를 선택하라
상대의 빈틈을 타서 악행을 행했다면
사과와 용서를 구할 줄도 알아야 사람이다

찬란함

생生은 찬란하지 않은 적이 없었다
슬픔도 넘쳐나도록 찬란했으며
아픔은 덤으로 달려와
고독과 함께 찬란하게 눈부셨다

생生과 사死를 가로질러
하얀 무언無言의 안개꽃밭 안
아무리 눈을 비벼도
안갯속 미로에서 눈뜬장님이 되어
더듬더듬 걸었을 뿐
아무것도 행할 수 없었다

귀에 들리는 단 한마디
무無

하루

한대수 씨의 노래 가사처럼
피곤한 몸을 이끌고
소주나 한잔 마시고
소주나 두 잔 마시고
소리 나 한번 지르고
노래나 한번 부르고
그러면 좀 나아지려나

몸이 무겁고
아프다가도 힘은 어디서 솟는지
아침이 되면 어김없이 일터에 나와
언제 아팠냐
툴툴 털고 하루를 바쁘게 시작한다

창밖 봄비가 내린다
이런 날은 맛있는 부침개에
농도 짙은 막걸리 한잔

빗소리가 아주 좋아 잠시 외출했던 정신이
곧 제정신으로 돌아올 듯하다

나를 위해 쓰는 시

꽃비가 내리고 나서
많은 생각을 하게 되었다
꽃비가 나에게 전해준 감동의 시간은
마음 안에 잠겨있던 빗장을
열어놓을 수 있게 하였다

아름다운 시의 세계를
정갈한 마음으로 시를 읊고
시상의 젖는 시간을 좋아한다

나를 위해 쓰는 시는
사람에게서 받은 상처들
딱지 없이 깨끗하게 없애기란 힘들지만
삶의 고통과 애환을 많이
잠재울 수 있었다

발랄하고 모서리 진 성격
시詩도, 나 자신도 함께 다듬어지고
시 곳간에 차곡차곡 쌓아놓는다

자유

사람이 미쳐보지 않고는 모른다고 합니다
늘 꿈에 미쳐있는 나를 발견했을 때는

그 꿈이
아픔이든, 아픔이 아니든
고통이든, 고통이 아니든
무겁거든, 무겁지 않거든
상관하지 않습니다
그냥 꿈만 꾸게 됩니다

꿈을 꿨을 때 비로소 자유가 생기고
자유인이 됩니다

닳고 낡아서 좋은 것

닳고 낡아서 참 좋은 것
낡을수록 소중해
버리지 못하는 것

세상에 존재하는
모든 선물이
손때 묻고 닳고 낡아
오래 지니고 싶은 것으로
기억됐으면 참 좋겠네

제6부

착각은 배부브다

겨울비

온종일 겨울비가 내린다
발걸음 소리 때문에 놀라 문을 향해 바라보면
빈 마음을 거느린 사람들이
한 손에 우산을 들고
빗소리와 함께 사라져만 간다

추운 겨울 어둠 내린 거리를
빗물과 함께 스치는 발걸음 소리
자박자박
절뚝절뚝
질질 질
똑똑
딱딱
쓱쓱
쓸쓸한 겨울비 내리는 날
사람들의 발걸음 소리가
귀에 웅성인다

아파요

아파요
아니 아플래요
아프고 싶군요
좋은 청춘 파랗게 시리도록 아프고

알곡 없는 쭉정이 같은 인생
채울 수 없는 빈 공간
허무 속에 쌓이는 빈소리
깃털처럼 가볍고 없는 존재감이 되었습니다

돌덩이처럼 무거운 무게가 필요합니다
텅 빈 공간 무엇으로 채워야 합니까
인생 무엇으로 채워야
요란하지 않을까요
돌멩이
아니, 아니
무엇으로 채워져야 할까요

지평선

지평선을 따라가 보니
어린 시절 나의 아버지가 그곳에 서 계셨다

하늘은 파랗고 어릴 적 그때의 기억
길가에 코스모스도 많이 피었고
해탈의 꽃도 흐드러지게 흔들거리고
아버지의 젊은 모습

노란 벼 곡식이 고개를 떨어뜨리고
붉은 노을이 진 해가 산으로 곤두박질할 때
그 지평선이 맞다

세월은 가고 없는데
아버지의 그림자는 홀로 그곳에 남아
농사를 짓고 계신다
가을걷이에 팔 걷어 올리시고
등 굽혀 일을 하신다

시리다

시리다 손등도 시리고
둘 곳 없는 마음도 시리고
질퍽이는 삶도 시리다
나목이 되어 옹이 박힌
마디마디가 시리다

칼바람 끝에 대롱거리는
얼음조각이 되어 시리다
두 눈 크게 부릅뜨고
아무리 둘러봐도
이 겨울은 시리지 않으면
안 될 이야기만 풍부하다

옳다, 옳지 않다 두서없는 겨울
몸뚱이는 아픔을 마다치 않고
찬 기운을 가득 안고
고약하게 시리다

솟대

삶의 방향 잃어 시름할 때
종종 솟대를 바라보며 살자
마음속의 솟대
맑은 생각
푸른 하늘

바람의 작은 움직임
그리움

행복한 만남
즐거운 이야기

아름다운 사랑
진실한 행동

예쁜 웃음
착한 마음
무수히 많다
세상 모든 아름다운 것
방향 찾아 주는 솟대를 만나보자

빗길

심장이 멈추고 싶었던 날
그래서 무작정
빗길 따라 흘렀던 날

일렁이는 마음들과 함께
울었던 날

마음은 늘 빗방울 사랑
항상 비가 내리면
감사합니다
사랑합니다
고맙습니다
속삭입니다

무겁다

마음에 돌덩이라도
매달아 놓은 듯 무겁다
마음이 또, 시작이다

생각은 갈피를 못 잡고
뇌리를 이리저리 휘젓고 다닌다

마음이 왜 이러지
이렇게 하면 안 되는 줄 알면서도
자꾸 습관들이 툭툭 삐져나온다.

알 수 없는 무언가가
마음에 턱 걸터앉아 자꾸 인상을
쓰라고 지시한다

내가 그런다고 인상을 쓰고
하루를 보낼까 봐 흥,
딴 데 가서 알아보시지라며
혼자 중얼거려본다
오늘 하루는 너무 무겁고 복잡하다

눈물 콧물 범벅된 날

매운 연기로 눈물 콧물 범벅되어도
행복한 시간
밤하늘의 영롱한 달빛
소쩍새 울어대는 밤

행복이 이런 게 아닐까요
캠핑은 고생스럽지만
입으로 들어가는 맛난 삼겹살 한 점
연기로 눈물 콧물 범벅이어도 좋다
행복함이 뚝뚝! 떨어지니

곱다, 곱다
가족들 눈동자 속 반짝이는 별빛이
까만 밤하늘 수놓은 별빛처럼 곱다

지나가던 바람도 제자리걸음 하는
고소한 삼겹살 구이 냄새
행복이 마음 안에서 춤을 추는
아름다운 밤

착각은 배부르다

그동안 나는 낯달이 되어
낯짝 두껍게 떠서 별을 탓하며
해에게 두서없이
당연한 듯 말하고

낯달 얼굴을 하고
늘 착각하며 혼자 실컷 만족하고
브레이크 페달 없이
당연하게 살아왔다

쉰 나이에 도착해 보니
이젠 나도 익었나 보다
겸손이라는 자가 불쑥 나타나
두 손을 묶고
감사라는 자가 감시를 한다

나도 모르게 착각이라는
부른 배 두드리던 시절을 뒤로하고
겸손에 잘 따르는 포로가 되어
철들고 익어만 간다

마음이 섬으로 출장 간 날

마음이 작은 섬으로 출장을 떠났습니다
육지를 떠나 도착한 섬에
오렌지빛 금잔화 꽃 요정이
향기를 뿌려줍니다
후박나무 이파리들
햇살에 반짝이며 밤에 쓸 별빛 가루를
만들고 있습니다

파도에 몽돌 자갈이
자기들끼리 부딪히며 몽돌몽돌
아름다운 소리를 들려줍니다
송이를 닮아 송이섬
살쾡이 고래들 파도 타며
자랑하는 동안

섬은 오아시스 꿀맛 나는 휴양지
검은 먹구름 살포시 덮어
잔비 뿌리는 날에도
몽돌 자갈들 선명한 짙은 빛으로
작은 섬은 행복을 줍니다

어머니의 도마

도마에 웅덩이 하나가 깊게 파였습니다
나이테는 뭉그러지고
어머니 삶이 도마 웅덩이에 비칩니다

짠 내음 풍기는 맛있는 음식을
몇천 번 해주신 어머니

생무 곱게 채 썰어
가을을 붉게 물들이셨습니다

단풍 곱게 물든 날은 맛깔스러운
어머니의 단풍 요리가 생각납니다

귀에서도 살아 숨 쉬는 말

하고 싶은 말을 다 하고
자신의 일이 아닌데도
하찮은 남의 일에 목숨 걸고
이야기합니다

상대를 위하고 배려하는 바이러스가
빠르게 번졌으면 좋겠습니다

말은 입에서 살고
귀에서 죽는다는데

예쁜 말 좋은 말
귀에서도 살아 숨 쉬는 말들이
넘쳐났으면 좋겠습니다

내가 나를 버리다

눈에 아름다운 풍경을 새기고
언어 온도를 더 높여
아름다운 말을 많이 할 것

마음이 행복한 것은
차곡차곡 쌓아놓고
마음에 상처가 될 것은
과감히 잘라 버릴 것

긍정은 남기고
부정은 허공중에 실려 보낼 것

살아가는 방법

무언가에 골똘해지고 신경이 쓰이거나
허기지고 마음이 아파져 올 때
자연과 함께하고 싶은
강한 충동이 생깁니다

숲길 따라 걷고
야생화 산새 소리
개울 물소리
바람 구름과 함께 하면
나아집니다

지구에서 숨 쉬며
살아가는 방법입니다

아버지

당신은 늘 저에게 사랑이라 하셨습니다
미운 자식 떡 하나 더 주고
예쁜 자식 매 많이 준다고 하셨지요

저에게 늘 입이 지게 발채만 하다며
잘 산다고 말씀해 주셨지요

밤을 지새워 하소연하면
살면서 어떠한 일이 있든
내 탓이오! 삼세번 외치며
살라 말씀해 주셨지요

아버지의 말씀대로
하하하 크게 웃으며
어떠한 일이든 남 탓하지 않고
행복하게 살고 있습니다

천국으로 떠나 아니 계신
나의 아버지
기일인 오늘
세 평도 채 되지 않는 곳에 누워 계시니
몹시 그립고, 보고 싶습니다
아버지 사랑합니다

가을 소풍

가을 햇살이 점점 내려앉았는지
들판이 금빛으로 따사롭습니다

가을바람에 흩어진 마음은
밧줄로 꽁꽁 묶어 놓고

지난여름 가마솥 무더위에 지친 몸
선선한 바람이 어루만져 줍니다

이른 새벽을 맞이할 때
안 좋은 지난날의
일들은 모두 잊기로 했습니다

그리고 마음씨 고운 사람들과
가을 소풍을 떠나기로 했습니다

그동안 싫은 것에 대한
예의를 너무 갖춘 탓에
이젠 놓아주는 예의를 갖출 때의 계절
가을입니다

간섭

삶을 살다 보니 간섭이 제일 무서운
존재라는 걸 깨달은 뒤
다른 이에게 간섭하지 않고
살아갑니다

적당한 거리가 필요하듯이
누구나가 저와 같은 마음일 거라
생각해 봅니다

인간과 인간관계를 깊이 생각해 보면
파란 자유만이 소통의 길이라
생각합니다

봄밤의 향연

감정이 메말라서 밑바닥을 보일 때쯤
한 줄기 바람이 불어와 볼을 비벼대는 밤
무심코 올려다본 하늘 끝에
목련이 하얀 얼굴빛을 하고
수줍게 인사를 합니다

봄이 찾아왔다고 스스로
말을 건네는 봄밤의 향기
가뭄에 바싹 말라
쩍쩍 금이 갈 때로 간 마음을
촉촉하고 윤기 있게
잠시나마 단비 적셔줍니다

망망대해

가던 길 멈춰 선 그곳에서
은근한 슬픔과 서러움이
파도처럼 철썩거린다
푸른 파도가 출렁이는 망망대해를
허우적거리는 마음

부서지는 파도와 함께
갈라지는 소식을 들어서였을까
아무런 말도 위로가 되지 않는
그런 나날들

쉽게 끝나지 않을 머나먼 길
여정을 떠나는 삶
살아가기 위한 삶이 위대하다 싶다가도
모래성처럼 허물어지는 삶도 있기에
희망이라는 보따리를 찾아 헤매는
생生일지도 모르겠다

그는 하늘로 돌아갔다

영정사진 속 그가 웃고 있다
여름 가고 찬 바람이 불면
어디든 가고 싶다 했었는데

긴 병마와 싸우며 견디지 못하고
결국 그는 지상을 떠났다
그는 늘 고통 속에서
지나가고 없는 시간 속을 올려다보았으며
그는 지금 원래 있었던
그곳으로 다시 돌아가셨다

그곳은 슬픔도 아픔도
괴로움도 고통도 없는 천상

그는 살아서 흙을 밟으며
지독하게 일만 했고
그런 그가 단돈 몇 푼 써보지도 못하고
그대로 남겨 놓은 채
수의복 단 한 벌만 챙겨 입고 돌아갔다

무엇이 그리도 그를 숨도 못 쉬게
아프게 만들었을까
무엇이 그리 급해서

세상을 뒤로하고 돌아갔을까
그가 돌아간 자리가 텅 비어 저리고 애리다

소풍처럼 잠시 왔다 돌아가는
나그네 인생길이라지만
아파하는 그를 보고 나그네 인생이
우리의 삶과 적절하지 않다는 것을
어렴풋이 깨달았다

살아생전
불평불만 한번 한 적 없고
누구 탓을 한번 할 줄 모르고
부처가 따로 없던 그다
슬퍼도 표현을 못 하는 그가
아니 칼로 베인 것처럼 아파도
표현하지 못했던 그가 밉다

그를 위해 자화상을 그린다면
반추상화를 색칠해야만 한다
그의 코를 자르고, 오뚝한 코를 세워야 하며
그의 귀를 막고, 큰 귀를 그리고
그의 입을 꽤 메고, 입꼬리가 올라가는 웃는 모습으로
그리고
눈뜬장님을 만들어 놓고 완벽한
그림이라 해야 한다
그의 본모습을 사실적으로

표현했으니 나에게만큼은
그는 늘 살아있는 긍정의 화신이었다

왜? 그랬을까?
왜? 그런 거지?
왜? 신이 아니고 인간인데
왜? 꼭 그래야만 했던 것인지

그는 아마도 지독하게 외로웠나 보다
그러니 그렇게 살았나 보다
누울 자릴 보고 뻗으랬다고
이 세상에 아무도 받아주는 이가 없으니
혼자 생각하고 판단하고
아주 외로움 처절함에 떨다 갔나 보다

질척이는 삶을 뒤로하고
돌아간 그가 슬프고 애달프도다
부디 다음 생에 다시 태어난다면
일만을 고집하지 않고
속내를 상대에게 조금이라도
잘 표현할 줄 아는 그런 사람으로
태어나길 소망해 본다

-그리움 한 점 남기고 하늘나라로 간 친오빠를 기리며

자연과 나 그리고 행복 찾기
- 국미나 두 번째 시집 『울적한 낭만』

최 봉 희(시조시인, 평론가, 글벗 편집주간)

사람마다 추구하는 가치가 모두 다르겠지만 일반적으로 건강한 삶을 원하는 것은 아닐까?

장 자크 루소(1712-1778)가 "자연으로 돌아가라"라고 말했다. 사람마다 아픔이 있고 건강을 잃으면 대부분 자연을 찾아서 휴양의 시간을 갖곤 한다. 내가 건강을 잃고 오랜 시간 헤매다 자연의 것을 찾아 자연의 순리대로 살아가는 삶을 살면 건강이 점차 회복되는가 보다.

루소의 철학은 '자연 상태에서 시작한다. 루소는 인간은 자연 상태에서 벗어나 사회 제도나 문화 속으로 들어가면 부자연스럽고 불행한 삶을 살게 된다는 것이다. 갓 태어난 아이들은 아주 순수하고 선하지만 자라면서 나쁜 생각을 배우거나 이기적으로 변하게 된다는 것이다. 그렇다면 사회와 문화가 아이를 망가뜨리는 것은 아닐까? 그래서 루소는 사회와 문화를 비판하며 다시 자연 상태를 되찾아야 한다고 주장한다.

그는 인간다운 삶을 위해 모두 "자연으로 돌아가라!"라고 외쳤다. 하지만 사람들은 문화가 없는 자연 상태는 야만이라고 말한다. 이에 대해 루소는 그것은 '고결한 야만'이라고 반박했다.

우리 곁에 '고결한 야만'의 삶을 사는 것은 물론 희망과 행복을 찾아서 '울적한 낭만'을 노래하는 시인이 있다. 자연을 통해서 나를 찾아가는 시인, 바로 국미나 시인이다.

국미나 시인과의 첫 만남은 어느 문학단체의 모임에서 글 나눔을 통해서 만났다. 아마도 20여 년 전으로 기억한다. 글 나눔을 좋아하는 시인으로 각자의 삶을 살다가 우연하게도 글벗문학회에서 다시 반가운 만남을 가졌다. 얼마전에는 연천의 종자와시인박물관에서 열린 문학 행사에서 가을의 만남을 가졌다. 그의 열정적인 글쓰기가 눈에 선하다.

삶에는 누구나 리스크(Risk)가 있다. 다양한 인간에게는 다양한 패턴과 무늬가 있다. 그런 위기에서 지혜를 발휘해야 그 어려움을 극복하는 삶이 필요하다. 우리가 위기를 만나면 그 해결점을 찾기 위해 열어보아야 할 것들이 많이 있다. 어떤 이는 책을 통해서, 혹은 노래를 통해서, 그리고 다른 그 무엇을 찾아서 그 리스크를 해결하는 것 같다.

그러면 국미나 시인은 어떤 문향을 갖고 있을까? 그의 시집 『울적한 낭만』에서 만난 그의 시적 경향을 살펴보자.

첫째, 삶의 기쁨과 행복을 자연에서 찾고 있다는 점이다.

그 구체적인 방법이 자연과 내가 하나 되는 삶을 살고 있다는 사실이다. 바로 물심일여(物心一如)의 삶이다.

> 해가 뜨면 물까치 노랫소리
> 해가 지면 보랏빛 포도주 구름 한잔
> 울타리 밭 매콤한 남색 무꽃
> 흰나비 춤사위 사뿐사뿐
> 작은 개울가 버들치
>
> 햇살에 화들짝 놀라서 핀 야생화
> 초록빛 상수리나무 바람 불어올 때마다
> 철썩철썩 파도 소리
> 밤하늘 별과 달이 속삭이는 우주 카페
> 풍요로운 자연 다 모여 있는
> 유난히 소박한 산속
> 가장 흔한 오두막 시인의 집
> – 시 「흔한 산속 오두막 시인의 집」 전문

그가 사는 곳은 밤하늘과 별, 달과 대화를 나눌 수 있는 우주 카페다. 풍요로운 자연이 다 모여 이룬 산속이다. 혼자 사는 삶이 아니라 우주와 함께, 자연과 함께 사는 공존의 삶이다. 자연이 그의 친구요 그가 사는 환경은 바로 자연인 셈이다.

> 새들도 잠든 밤
> 초승달이 손을 내민다

가슴에 담긴 별들이
끝없이 가슴에 담긴다

어둠 속에서 산을 깨우는
물소리가 하늘에 닿고

말 없는 대화는 물속에 고여
새벽녘 이슬이 마를 때까지
내게 많은 이야기를 만들어내고 들려주었다

잎 떨어진 아카시아 나무
가시만 남고
아침 이슬 속에는
맑음이 남았다는 것을
- 시 「공존의 삶」 전문

시인은 꽃을 사랑하고 나무를 사랑하고 자연을 사랑한다. 자연을 가까이하고 가까워지면 질수록 그 순리를 이해하면 할수록 편안해졌다. 그렇게 자연을 통해서 내가 좋아지고 이웃이 좋아지는 것이다. 그리고 마음의 상처도 자연으로 가면서 치유가 된다. 숨쉬기가 수월해졌고 그래서 답답함이 줄어든다. 현실적으로 숨쉬기가 편해지니 마음의 답답함도 내려놓게 되는 셈이다. 그래서 자꾸 만나고 싶어지고 하나가 된다. 가면 갈수록 나에게 아름다운 것들을 보여주는 자연의 끝없는 노력에 감동하면서 자연스럽게 그 감흥을 노래하게 되는 것이다.

매화꽃 향기 담 너머
겨우내 겹겹이 쌓아둔 시린 눈이 녹아
살점 떨어진 야윈 닭발 가지에
노란 병아리 꽃
봄눈이 터졌다

꽃눈 하나 눈에 넣어
푸른 물에 녹아
속살 드리운 봄빛 환한 웃음이
장승 귀에 입이 걸렸다
노랗게 익어만 가는 봄

바람 타고 오는 봄빛 향연
햇살 이보다 눈부실까
마을 이웃들 넘치는 정에
꽃망울 터진다

첫사랑 한 아름 꽃 추억의 눈물샘
바람에 노란 비 꽃으로 내려
꽃에 취해 봄빛에 빼앗긴 발걸음
길을 잃었다

씨줄과 날줄이 풀어지도록
봄을 풀어 노란 꽃물에 물들어
내가 살던 고향은 꽃 피는 산골
- 시 「산수유」 전문

나도 꽃처럼 나무처럼 살아야지, 이젠 잘살아보자. 우선 추위를 이겨내어 꽃눈을 틔워보자. 그렇게 봄과 대화하고 자연과 대화하면서 국미나 시인은 오늘 하루도 다시 시작하는 것이다.

특별히 날마다 꽃을 노래하고 사랑하는 삶을 표현한다. 꽃이라는 시어가 이번 시집에 92번 등장한다.

> 어여쁜 꽃은 아닌데
> 어딘지 모르게 촌티를 풀풀 내며
> 정을 뿌려댄다
>
> 뒤뜰 풀섶
> 어여쁘게 꽃을 피우고
> 씨방 익는 소리 톡톡
> 튕기며 자랑을 한다
> 뒤뜰에서 제일 잘 나가는 꽃
> 봉선화
> – 시 「봉선화」 전문

자연과 내가 하나 되는 물아일체(物我一體)의 모습, 시인은 꽃이 되기도 하고 꽃을 탐미하는 나비가 되기도 한다. 물론 시적 자아의 주관적 상관물로 그 시적 의미를 더욱 돋보이게 하는 표현이리라. 자연과 내가 하나 되는 삶, 모진 겨울을 벗어나 봄의 세계를 꿈꾸고 어둠을 밝힌 빛의 세상을 찾아 나선다. 그가 꿈꾸는 사랑이자 행복의 세계다.

꽃잎이
창백한 봄바람을 타고
하얀 나비의 날개 위에 앉았다

왼쪽 날개엔 분홍 꽃잎을
오른쪽 날개엔 하얀 꽃잎을
나비는 아지랑이 따라
사뿐사뿐 날아오른다

바람의 흔들리는 끄나풀처럼
긴 꼬리 원을 그리며
봄 향기를 이끌고
세상에 환한 빛이 되어 가벼이 날아오른다

봄 나비의 가벼운 날갯짓처럼
하늘거리는 사랑이 되고 싶다

나비는 바쁘다.
보고 말하고 느끼고
봄의 세계를 만나 혼자서 바쁘다
— 시 「나비의 날갯짓을 보며」 전문

시인은 봄 나비의 가벼운 날갯짓처럼 하늘거리는 사랑이
되고 싶다고 말한다. 사랑은 바쁘다. 사랑하면 아침마다 떠오르는 해가 유난히 반짝이고 해마다 찾아오는 봄이 그립고, 바람이 다르게 느껴진다. 늘 보던 사물이 달라 보이고 곁에 있는 환경도 사람도 새롭게 보인다. 사랑은 때마다 기적을 일으키고 날마다 새로운 날을 맞이하게 한다. 시인은 나비가 되어 날고, 꽃이 되어 활짝 피기도 한다. 아마도 그것은 모든 대상을 본인과 동일시하는 사랑에서 기인된 것은 아닐까? 사랑하면 나이와 세월을 잊고 시대를 초월한다고 하지 않던가. 사랑은 시간을 거스르는 힘이 있다. 그래서 사랑은 바쁜 법이다. 봄이 되면 더욱 바쁘다.

분홍 진달래를 입고
아니 노란 개나리를 입고
연둣빛 버들을 입고 나무가 되어
춤을 출까나
그대와 나, 나비가 되어
봄의 왈츠를 추면 아름답겠네요

다정한 오후 햇살에 종일
봄을 그렸습니다
너무 몰입한 탓에
눈이 아리아리해졌습니다

이 봄
그대와 나
꽃향기 따라 왈츠를 추며
신명 나게 놀아보아요

고단으로 얼룩진 삶은
나비의 날갯짓처럼 가벼워질 거랍니다
- 시 「봄을 그리다」 전문

 사랑은 행복이다. 춤을 추는 즐거움이요, 대상에 몰입하는
기쁨이기도 하다. 자연과 하나 되는 삶, 그래서 시가 탄생
한다. 그의 시에는 다양한 소재의 꽃들이 등장한다. 예를
들자면, 봉선화, 목련화, 봄까치꽃, 매화꽃, 산수유, 구절초,
수박풀꽃, 연꽃, 감꽃, 박꽃, 국화꽃, 아카시아, 배롱나무꽃,
무꽃, 살구꽃, 개나리, 진달래, 털별꽃아재비, 달맞이꽃, 유
채꽃, 안개꽃, 코스모스, 금잔화 등이 그것이다.
 그렇다면 시인이 표현한 꽃은 어떤 의미를 담고 있을까?
 먼저 봉선화는 촌티가 나지만 정을 뿌리는 꽃으로 제일
잘 나가는 꽃이요. 목련화는 '봄이 주고 간 눈물'이라고 말
한다. 봄까치꽃은 부지런한 꽃이요. 봄을 알리는 산수유도
등장한다. 그 꽃은 시인에게 바로 희망이요 사랑이다.

가을비 톡톡 소리를 내며
마음을 수천 번 두드립니다

구절초 뽀얀 얼굴
가을비에 젖어
물끄러미 마주합니다

착 가라앉은 마음

시린 향기 가득한데
구절초꽃 따뜻한 향기를
잔잔히 전해옵니다.

가을날의 마음은
외롭고 쓸쓸하다며
어리광만 부립니다
- 시 「아홉마디 향기」 전문

　시인은 구절초를 따뜻한 향기로 표현한다. 그에게 등장하는 자연은 자유를 꿈꾸며 행복과 희망을 꿈꾸는 긍정의 모습을 보인다. 그 긍정의 모습이 시적 감흥으로 나타나 세상의 찌든 아픔과 고통을 가라앉히는 아름다운 존재로 표현된다. 마치 자신의 모습을 드러내는 듯하다.

시의 언어들 산바람에 춤을 추고
나뭇잎 흔들리는 소리
맑은 개울물 소리
걷는 발길에 묻어나는 세월
어느 것 하나 시어가 아닌 것이 없네

산 위 중턱 뿜어대는 허연 그리움
허공을 가로질러서 가을 햇살에 스미고
돌 틈 구절초 향기
세상에 찌든 눈동자 가라앉히고

나태해져만 가는 삶 바람에 날리고
어둠을 재촉했던 영월
까만 밤 달빛 별빛도 아름답네

흐르는 강 다시 거슬러 오를 순 없지만
꽃자리 진한 향기 또다시 피어나리
영원한 아름다움 묻어나는 영월
김병연 시인님의 삶을 기리며
나 구름 되어 바람 따라
산 고개 넘어 자유를 꿈꾸네
- 시 「발길에 묻어난 세월」 전문

　시인은 참된 자유를 꿈꾼다. 세상의 그 무엇에도 얽매이지 않고 자신의 영혼으로 우뚝 서는 삶, 시를 창작하는 삶에서 진정한 자유를 찾고 있는 듯하다.

　둘째로 국미나 시인은 시를 통해 사랑의 의미를 찾고 행복을 찾는 시인이다. 춥고 힘든 상황에서 봄을 꿈꾸고, 어두운 현실 속에서 별빛과 달빛을 꿈꾸는 삶을 살아간다. 그에게 봄은 시요, 그의 별빛도 또한 시인 것이다. 그는 기회가 있을 때마다 시를 사랑한다고 말한다. 그리고 시를 잘 쓰고 싶다고 고백한다.

　어떤 대상을 깊이 사랑하면 그 사람이 나의 한 부분이 되는 것이다. 앞에서 언급한 것처럼, 자연을 사랑하는 삶, 곧 그의 시가 되고 사랑이 되는 것이다. 시를 깊이 사랑하기에 시를 읽고 시를 쓰는 일이 삶의 중요한 부분이 되고 있다. 시인은 시와 결코 떨어질 수 없다. 오롯이 시와 함께 살고, 시와 함께 성장하면서 같이 열매 맺는 충실한 삶을 살고 싶은 것이다. 그래서는 시인은 오늘도 고백한다. 시를 사랑한다고.

시詩와 연애를 하고
시詩와 밥을 먹고
시詩와 함께 걷고
시詩와 영화를 감상하고
시詩와 대화를 나누며
시詩와 함께 생을 보냅니다

시詩가 토라져 발길이 없고 무소식인 날엔
우울하고 기다렸다며 끌어안고 토닥입니다
나의 영원한 사랑은 시詩
그 시詩를 평생 지켜주기 위해 밤과 낮을 잊고 기도를 하며
지켜주고 아껴주는 마음이 시詩에게 전달되길 바라며 소망
합니다

시詩와 나만의 사랑
시詩와 함께하는 시간만큼 제게 행복한 시간은 없습니다
시詩와 함께 평생 죽음을 맞이할 것이며
무덤까지 함께 할 것입니다

시詩라는 당신은 늘 나를 새롭게 하고
시詩라는 당신은 나를 위대하게 했으며

시詩라는 당신은 나를 아주 멋진 곳에 데려다 놓습니다
시詩라는 당신 영원히 사랑합니다
- 시 「시와 나」 전문

시인은 시 「시詩와 나」를 통해서 시가 나를 새롭게 하고 나를 위대하게 한다고 믿는다. 더욱이 나를 아주 멋진 곳으로 안내하는 빛이라고 믿는다. 시가 바로 그의 영원한 사랑인 셈이다. 시와 함께 하는 시간만큼 행복한 시간이 없다고 말한다. 그에게 봄은 시요, 그에게 빛은 바로 시다.
  그런 의미에서 시는 사랑하는 마음으로 써야 한다. 자신의 삶을 아끼고 자연을 사랑하는 마음으로 글을 쓴다. 그렇게 해야 좋은 시, 훌륭한 시를 쓸 수 있는 것이다.
  시인은 시를 사랑하기에 오늘도 어여쁜 꽃을 심는다. 그림도 그린다. 청춘이라는 싱그러운 이름으로, 꿈꾸는 존재로 시는 그대에게 달려간다.

사랑한다는 것은
그대 가슴에 나의 사랑이 먼저 도착하여
그대 텅 빈 뜰에 어여쁜 꽃을 심어 놓는 것

그대 척박한 황무지를 꿈꾸는 마음에
원 없이 다가가 아름다운 그림도 그려주고
그대 메말라 쩍쩍 갈라지는 가슴에
청춘이라는 싱그러움을 안겨주고
단비를 뿌려주는 것

나의 사랑은 갑니다. 그대에게로
　나의 사랑을 받아주세요
　팻말을 가슴에 달고
　드넓은 광야를 혼자가 아닌
　둘이서 발자국 남기며 걷는 것

　사랑이란 마음을 도둑맞고
　몸은 단단한 밧줄로 묶여서
　포로가 되어 함께 걷는 것
　- 시 「나의 사랑은 갑니다」 전문

　더욱이 시인은 시와 함께 걷고 시에 몰입하여 함께 걷고 함께 살아가고 싶은 것이다. 그런데 그 삶에는 반드시 자연과 함께 살아가는 삶인 것이다.

　앞에서 언급했듯이 시인은 무에서 유를 창조한다. 자연의 아름다움을 마음으로 그리다 보면 그것이 힘이 되곤 한다. 시는 결국 세상을 아름답게 살아가는 힘의 주파수요 시간을 함께 누리는 행복인 것이다.

　당신 마음속에 울리는
　사랑을 갖고 싶습니다
　사랑받기에 바쁘고 즐거워하며
　외로운 모든 이들에게
　부러움을 사고 싶습니다

당신 마음속에서 전하는
주파수와 시간을 나누고 싶습니다

어쩌면 느껴지지 않는
사랑일 수도 있지만
그 사랑 속에 얼굴을 묻고
행복해하고 싶습니다

고요와 적막함이 흐르는 전율 사이로
외로움이라는 추가 까딱일 때마다
달빛과 별빛이 스며들고

어쩌면 그대와 나는
이 세상에 존재하지도 않을 사랑이고
그리움일지도 모릅니다
아무것도 없는 무無일 수도 있습니다
 - 시 「무無」 전문

  우리 인생은 무언가를 어디선가 끊임없이 공급받아야 한
다. 어려움에 닥치면 견디는 힘을 공급받는다. 희망을 잃었
을 때 용기를 얻을 수 있어야 하고 낙심할 때 희망을 만날
수 있어야 한다. 바로 그중에 하나는 자연의 아름다움을
마음으로 보는 것이고 책을 읽으면서 글로 쓰는 행복이다.
  삶이 아름다운 이유는 아프고 힘들 때 서로를 위로하고
격려하면서 어떻게 살아가는가를 알려주는 것이 아닐까?
어쩌면 우리는 독서와 글쓰기에서 그 답을 찾고 있는 것은

아닌지. 영국의 소설가 윌리엄 서머셋 모옴(William Somerset Maugham)의 말이 생각난다.

"책 읽는 습관을 기르는 것은 인생의 모든 불행으로부터 스스로를 지킬 피난처를 만드는 것이다."

책방에 다녀왔습니다
소소한 행복이 잦는 곳
마음은 어느새 봄볕이 내려앉아
찾는 이 없는 책방 안
빛바랜 책 안에도 봄이 쌓여갑니다

책방 주인이 되어
겹겹이 쌓아놓은 책을 뒤적이며
봄노래를 흥얼거립니다
소소한 행복이 모여
마음은 어느새 봄입니다

바람을 이기는 나무들처럼
나 또한 잘 견디며 책과 함께
어느새 나는 나답게
살아가고 있습니다
– 시 「책과 나」 전문

시인에게 책 읽기는 봄이다. 추운 겨울을 이겨내는 나무처럼 견디면서 책 읽기 속에서 행복을 찾고 있다. 짧고 강하게 사랑하기보다는 오래 사랑함이 삶에 큰 도움이 되듯이 포도주처럼, 혹은 책 읽기처럼, 시를 쓰는 기쁨처럼 오래도록 견디면서 익어가야 하는 법이다. 책 읽기와 시 쓰기는 시간이 지날수록, 그 감동과 깨달음이 깊고 진한 맛이 우러나기 때문이리라.

나 오늘 몹시 외로워 기도했다
인생 외롭지 않은 사람 어디 있겠냐

나 오늘 힘들어 기도했다
인생 힘들지 않은 사람 어디 있겠냐

나 오늘 기도했다
인생 슬프고 아픈 마음 가져가 달라고
인생 슬프고 아프지 않은 사람 어디 있겠냐

나 오늘 몹시 기뻐 기도했다
인생에서 가장 행복하고 가장 기뻐하는
사람 평생 되게 해달라고

나 오늘 기도했다
인생 살면서 감사하는 마음
내 곁에서 떠나지 말게 해달라고

나 오늘 기도했다
인생 살면서 나 자신이 누구든
돕고 살 수 있게 해달라고

나 오늘 기도했다
시인이니
시상(詩想)이 떠나지 않게 해달라고

나 오늘 기도했다
나의 기도가 살아 숨 쉬는 날까지
항상 이루어질 수 있도록 해달라고
– 시 「나 오늘 기도했다」 전문

　시인의 오늘도 시를 쓰면서 기도한다. 어쩌면 시인의 기도는 시 쓰기임은 분명하다. 국미나 시인은 오늘도 기도한다. 시상이 떠나지 않게 그리고 살아 숨 쉬는 날까지 자신의 사명을 이룰 수 있게 해달라고, 자신을 위해, 그리고 이웃을 위해 오늘도 기도한다.

　사랑이 있는 곳에 절대자, 신은 함께 한다. 그래서 이웃을 사랑하고 자연을 사랑하면 기쁨이 있고 평화가 있다. 우리가 서로 사랑하면 어떤 고통이 밀려와도 이겨낼 수 있기 때문이다. 그래서 시인은 오늘도 외롭고 힘들어서 기도의 시를 쓴다. 오늘이 있기에 기쁨으로, 감사하며 기도한다. 이웃이든 자연이든 돕고 살게 해달라고 기도한다. 이것이 시인의 사명이다. 내가 좋아하는 글을 쓰고 이웃과 함께 사랑을 나누는 삶, 유익한 일이 있다면 언제나 함께한다.

밤하늘에 무수히 많은 별이 뜬다
어쩌면 별빛을 보면

그리운 사람들이 하나둘
반짝이는 것 같아 마음이 행복해진다

마음이 별길 따라 걷던 밤
별빛 물결 사이로
그리운 얼굴 출렁인다

아름다운 별빛이 흐르는 밤
그리움을 찾아 떠나는 여정
별의별 기쁨이로세
— 시 「별이 뜬다」 전문

　아무리 깊고 혹독한 추위라도 해도 희망의 봄이 오듯이 어두운 밤이라 해도 어디에선가 빛이 다가오고 있다. 봄도 새벽도 홀연히 찾아온다. 아무리 사납고 힘겨운 고통이 다가와도 마음 어딘가에 희망이 싹트는 것이다.

가던 길 멈춰 선 그곳에서
은근한 슬픔과 서러움이
파도처럼 철썩거린다
푸른 파도가 출렁이는 망망대해를
허우적거리는 마음

부서지는 파도와 함께
갈라지는 소식을 들어서였을까
아무런 말도 위로가 되지 않는

그런 나날들

쉽게 끝나지 않을 머나먼 길
여정을 떠나는 삶
살아가기 위한 삶이 위대하다 싶다가도
모래성처럼 허물어지는 삶도 있기에
희망이라는 보따리를 찾아 헤매는
생生일지도 모르겠다
- 시 「망망대해(茫茫大海)」 전문

　인생은 망망대해다. 철썩거리고 부서지는 파도와 함께 긴
여정을 떠나는 삶 속에서 희망을 찾아 나선다.
　그 희망은 어쩌면 그에게 봄이요. 빛이요. 그리고 사소한
위대함이다. 아무리 작아도 결국에는 우리의 인생을 변화
시키기 때문이다.
　이제 국미나 시집을 읽은 소감을 마무리하고자 한다. 그
가 우리에게 전해주는 메시지는 아주 크게 얘기하면, 어떻
게 삶을 살아갈 것인가. 그리고 어떻게 사랑할 것인가를
알려주는 것은 아닐까?
　자연을 사랑하고, 꽃처럼 봄처럼 희망을 찾아서 살아가는
삶, 그리고 독서를 통해서 그리고 시를 그리기 위해 빛을
찾아 나서는 것이다. 국미나 시인은 오늘도 자연을 만나고
희망을 쓰고 사랑으로 시를 적고 있다. 그가 '작가의 말'에
서 언급한 것처럼 이리저리 바람처럼 쏘다니면서 언어를
줍고, 파란 가을 짙은 안개의 가려져 있던 길이 선명하게

보이기를 소망한다. 어쩌면 시인에게는 시집을 내는 행운이 제일 행복한 순간이리라. 계속해서 겸손한 마음으로 자연을 만나고 열심히 시를 그리기를 응원한다. 그리고 그의 건강과 건승을 기원하면서 그의 문운이 활짝 열리길 빈다.

글벗시선 179 국미나 시집

울적한 낭만

인 쇄 일 2022년 11월 21일
발 행 일 2022년 11월 21일
지 은 이 국 미 나
펴 낸 이 한 주 희
펴 낸 곳 도서출판 글벗
출판등록 2007. 10. 29(제406-2007-100호)
주　　소 경기도 파주시 와석순환로 16,(야당동)
　　　　 롯데캐슬파크타운 905동 1104호
홈페이지 http://guelbut.co.kr
E-mail juhee6305@hanmail.net
전화번호 031-957-1461
팩　　스 031-957-7319
가　　격 12,000원
I S B N 978-89-6533-233-6 04810